Première édition : 2017

Loi n° 49-956 du 16 juillet 1949 sur les publications destinées à la jeunesse,
modifiée par la loi n° 2011-525 du 17 mai 2011.
Dépôt légal : février 2023

Malou et Maëlle

les jumelles coccinelles

Texte de Yann Walcker
Illustrations de Laura Wood

AUZOU

Non loin d'ici, au cœur d'une charmante prairie, le jour se lève sur le minuscule village de Fleury-les-Abeilles…

Au pied du vieux pommier, dans leurs lits superposés,
Malou et Maëlle, les jumelles coccinelles, sont déjà réveillées.
Comme chaque matin, elles bâillent en même temps, s'étirent
en même temps, sautent en même temps sur le tapis et hop!
c'est parti pour une bataille d'oreillers!

« Au fait, sœurette, et si on jouait un tour aux parents ? demande Malou avec malice. Du genre… “Je-deviens-toi-tu-deviens-moi” ?
– C’est drôle, j’allais justement te le proposer ! s’exclame Maëlle en pouffant de rire. Décidément, on a toujours les mêmes idées. Mais d’abord, notre fameux cri de guerre : soleil ou pluie…

– … Superouistiti…
– … JUMELLES POUR LA VIE ! » achèvent en chœur les sœurs complices en se précipitant dans le couloir.

Malou et Maëlle se ressemblent comme deux gouttes d'eau. Bien sûr, quand on les connaît bien, on remarque leurs différences ! Malou, par exemple, a des antennes légèrement plus petites que celles de sa sœur…

Mais, pour taquiner leur entourage, se faire passer l'une pour l'autre reste très facile. Il suffit à ces deux coquines d'inverser leurs prénoms, d'échanger leurs chaussons et, mal réveillé sous son gros édredon, même leur papa les confond !

Dans la salle de bains, Malou et Maëlle adorent se préparer ensemble car à deux, la toilette devient vite un jeu.

« En plus, avec nous, pas besoin de miroir ! déclare fièrement Maëlle. On se place face à face, comme si on était devant une glace, et on fait tout pareil. Oups, tu as du savon sur la joue, Malou !

– Merci, Maëlle. Et toi, du shampoing sur les ailes ! »

Plus tard, dans la cour de l'école, c'est inévitable : les jumelles sont in-sé-pa-rables ! C'est bien simple, elles partagent tout.

Leurs fous rires, leurs poupées, leurs bonbons, leurs secrets. Si l'une est triste, l'autre la console. Elles sont tellement semblables que souvent, quand l'une commence une phrase, l'autre la termine ! Cela amuse beaucoup leurs amis, qui les envient un peu aussi… Pourtant, les jumelles ont des caractères bien différents.

Malou est une véritable « casse-cou », alors que Maëlle est un peu plus peureuse…

Aussi, ce matin, pendant le petit déjeuner, lorsque Malou annonce à sa sœur : « Allez, ma belle, finis ton bol de rosée, tes Choco-Pucerons, et allons jouer du côté des champignons ! », Maëlle n'est pas très rassurée…

Pour ne pas risquer de se perdre en route, Maëlle, prudente, décide de faire comme dans le conte du Petit Poucet :
« D'accord, dit-elle, mais j'emporte dans mon sac à dos plein d'œufs de mouche que je sèmerai sur le chemin…
–Excellente idée ! » répond Malou tout excitée.

Et zou ! patte dans la patte, les jumelles s'envolent en chantant à tue-tête, semant leurs œufs au milieu des pâquerettes.

L’après-midi passe vite et, au moment de rentrer à la maison, catastrophe : tous les œufs de mouche ont disparu !
Une colonie de fourmis les a ramassés, et leur chef est en train de cuisiner une omelette géante sur un barbecue…

La nuit va bientôt tomber. Malou et Maëlle cherchent leur chemin, seulement, sans les œufs de mouche, comment se repérer ? La mine triste, les sœurs finissent par se perdre dans la forêt.

Quand soudain, elles aperçoivent au loin une fleur magnifique, irréelle, aux couleurs presque… magiques ! Fascinées, les jumelles s'élancent aussitôt vers elle…

Quelques instants après, les deux coccinelles atterrissent en douceur au bord de la fleur. Mais… c'est incroyable ! Celle-ci est couverte de bonbons, nappée de caramel, incrustée de réglisse et bordée de somptueux pétales en guimauve et en chocolat…

Miam ! Affamées, Malou et Maëlle se mettent
à dévorer ce fabuleux festin avec gourmandise.

« Qui donc grignote ma maison ? demande alors un étrange papillon.
– Pardonnez-nous, répond Malou en postillonnant du caramel tandis que Maëlle file se cacher derrière un gros sucre d'orge, mais nous avions si faim !

– Bien sûr, bien sûr, c'est tout naturel, répond le papillon avec un drôle de sourire. Mais pourquoi dis-tu "nous" ? Tu es seule ! Maintenant, si tu veux bien venir dans ma cuisine, au rez-de-chaussée, je te ferai découvrir ma spécialité… »

Malgré les grands signes que lui adresse sa sœur, Malou descend le long de la tige, suivie de près par le papillon.

« Et voici ma spécialité, mademoiselle :
un succulent gâteau… fourré à la coccinelle ! »
s'exclame le papillon en retirant d'un coup
son masque et ses fausses ailes.

Affolée, Malou réalise que le charmant cuisinier est en réalité… une horrible araignée ! De peur, la pauvre coccinelle s'emmêle les pattes, trébuche, et tombe dans ses filets…

Et pendant que l'affreuse araignée installe en sifflant la table du dîner, Maëlle, prête à tout pour sauver sa sœur, se précipite dans la cuisine, attrape discrètement un couteau et découpe la toile collante qui retient Malou prisonnière.

Ouf ! sans attendre, Malou et Maëlle s'élancent dans le ciel et s'enfuient sans demander leur reste ! En les découvrant ainsi côte à côte, l'araignée n'y comprend plus rien : « Voilà que je vois double, à présent ? pleurniche-t-elle en se frottant les yeux. Ma parole, j'ai attrapé une louchite aiguë ! »

Là-haut, les jumelles éclatent de rire et s'écrient :
« Soleil ou pluie, superouistiti… JUMELLES POUR LA VIE ! »

MES P'TITS ALBUMS

Une collection d'histoires tendres et drôles à lire, à écouter, à offrir pour partager de bons moments, exprimer ses émotions et rêver.

l'amitié — la solidarité — devenir grand — l'autonomie

la différence — l'arrivée d'un petit frère ou d'une petite sœur — l'acceptation de soi — l'hygiène / la santé — la peur de l'inconnu — l'obéissance — l'amitié

l'humilité — la solidarité — la peur du noir — l'entraide l'amour — la générosité — l'entraide — la confiance en soi

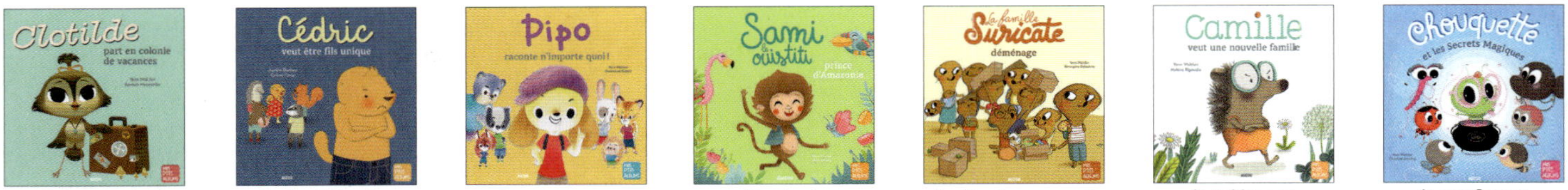

l'autonomie la timidité — la rivalité entre frères et sœurs — le mensonge — l'écologie le respect — le déménagement — la tolérance la famille — la confiance en soi

la curiosité — les bêtises — la maladie l'amitié — la différence — la jalousie le talent — l'amitié l'entraide — la distraction

le courage l'entraide — l'ennui — la peur de l'inconnu l'amitié — le sommeil — la différence le voyage / la famille — les caprices — Pâques

la créativité — le mensonge — l'étourderie — l'entraide / les animaux de la banquise — perdre une dent la petite souris — la gémellité l'entraide — l'amitié

la colère

le handicap
la différence

l'autonomie
l'école

l'enquête
l'accusation

l'enquête
la jalousie

l'entraide
Pâques

la jalousie
le partage

l'impatience

l'école
l'amitié

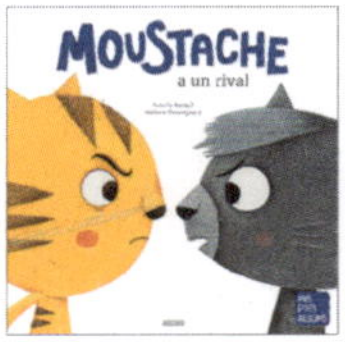

la rivalité

la triche

la fratrie

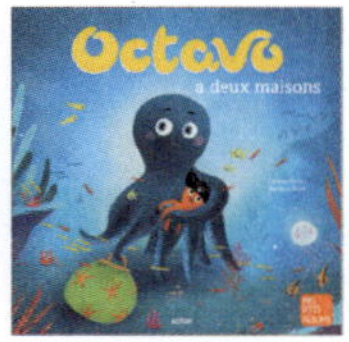

la séparation
parentale

la rentrée

la peur du noir

l'amour

les dents de lait
le secret

le partage
Jean de La Fontaine

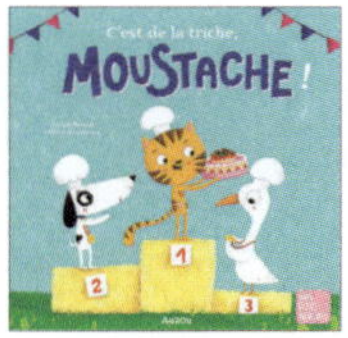

la triche

le vol

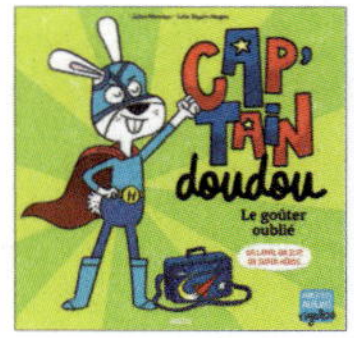

le doudou
les super-héros

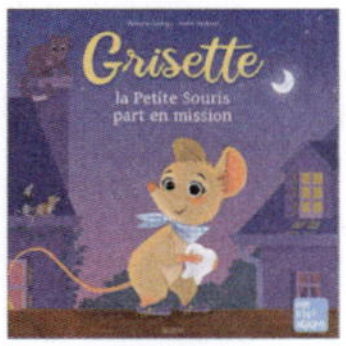

la Petite Souris
l'aventure

les activités extra-
scolaires / le choix

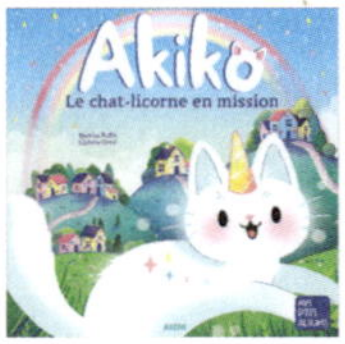

la différence
l'amitié / l'entraide

l'enquête

l'étranger / l'amitié
les préjugés

le doudou / l'ingéniosité
les super-héros

le harcèlement
à l'école

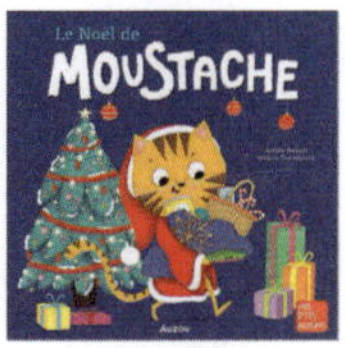

la générosité

les amis
l'adaptation

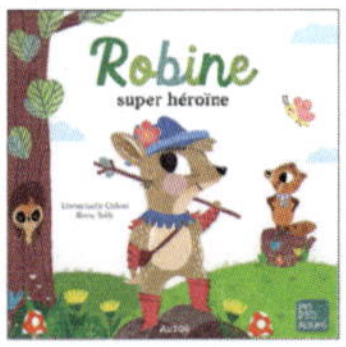

l'entraide
la maladresse

les vacances
la montagne

la préservation
de la planète

l'anniversaire
l'impatience

La Petite Souris
l'entraide / l'aventure

La Petite Souris / la Fée
des dent / la générosité

les TDAH
le quotidien

aller à son rythme
les vélos à petites roues

les commérages
l'amitié